차 례

낡은 뉴스

글 | 송한별

판타지

11월 18일　제우미디어에서 수잔 이의 『엔젤폴』(신윤진 옮김, 396쪽, 12,800원)이 출간되었다. 거대한 날개를 가진 천사가 지상을 침공한 지 6주 만에 세계는 질서가 붕괴되고 혼란에 빠진다. 인간과 천사가 대립하는 가운데 천사와 함께 길을 떠난 소녀가 목도하는 진실과 인류의 운명을 다뤘다.

11월 20일　문학동네에서 귀뒬의 『지옥에서 온 여행자』(이승재 옮김, 460쪽, 13,800원)가 출간되었다. 열네 살 소년 발랑탱과 블루 할머니가 등장하는 세 편의 이야기가 수록되었으며 각각의 이야기는 천국으로 향하는 유령, 시간을 되돌리는 약, 저주와 시간 이동을 주 소재로 삼았다. 사춘기 소년의 감정을 유쾌하게 그린 작품이다.

SF

11월 11일　새파란상상에서 레리 니븐, 에드워드 M. 러너의 『링월드 프리퀄 1: 세계 선단』(고호관 옮김, 488쪽, 14,000원)이 출간되었다. 래리 니븐 컬렉션 세 번째 작품으로 『세계 선단』으로 시작되는 선단 시리즈는 본편의 과거 이야기를 다뤘다.

11월 15일　창비에서 한낙원의 『금성 탐험대』(400쪽, 12,000원)가 출간되었다. 『금성 탐험대』는 1962년부터 1964년까지 잡지 『학원』에서 연재되었던 작품으로 창비청소년문학 시리즈로 복간되었다. 초기 과학소설의 특징이 살아 있는 고전 SF로, 금성 탐험 로켓과 비밀 조직, 외계인이 등장한다. 또한 작가의 탄생 90주년을 기려 2014년부터 절판된 작품을 복간하고 월간 『어린이와 문학』지에서 작가의 이름을 딴 '한낙원 과학소설상'을 진행될 예정이다.

11월 18일　씨앗을뿌리는사람들에서 로이스 맥마스터 부졸드의 『보르코시건 4: 보르 게임』(이지연, 김유진 옮김, 512쪽, 14,800원)이 출간되었다. 보르코시건 시리즈 네 번째 작품으로 제국군 사관학교를 졸업한 마일즈 소위가 맡은 첫 번째 임무를 다뤘다.

11월 19일　북폴리오에서 롭 리이드의 『이어 제로』(박미경 옮김, 453쪽, 13,800원)가 출간되었다. 엄청난 규모의 저작권 침해와 부채로 인해 우주가 파산 위기에 처하게 되자 외계인 팝가수와

변호사가 저작권 문제를 해결하기 위해 은하계를 누비는 코믹한 작품이다.

11월 22일 북로드에서 마리사 마이어의 『스칼렛』(김지현 옮김, 524쪽, 13,800원)이 출간되었다. 전작 『신더』에서 이어지는 루나 크로니클 시리즈 두 번째 작품으로 평범한 프랑스 소녀 스칼렛과 정체불명의 소년 울프가 주인공으로 등장한다. 스칼렛이 어느 날 갑자기 실종된 할머니를 찾기 위해 위험한 숲 속으로 들어가면서 본격적인 이야기가 진행된다.

11월 29일 불새에서 제임스 블리시의 『양심의 문제』(안태민 옮김, 304쪽, 13,400원)와 C. M. 콘 블루스의 『신딕』(안태민 옮김, 272쪽, 13,400원)이 출간되었다.
『양심의 문제』는 원죄가 존재하지 않는 행성에 파견된 예수회 신부이자 생물학자인 주인공이 그곳에서 만난 외계인을 과학적, 그리고 종교적으로 어떻게 받아들이는지에 대한 내용을 다뤘다.
『신딕』은 두 범죄조직이 미국 정부를 아이슬란드로 쫓아낸 세계를 배경으로 복수를 위해 범죄조직 신딕을 떠나 정부의 영토에 잠입한 주인공이 만나게 되는 진실에 대해 다뤘다.

미스테리

11월 4일 펄스에서 모 헤이더의 『난징의 악마』(최필원 옮김, 550쪽, 14,800원)가 출간되었다. 난징 대학살과 관련된 장면을 보고 정신병원에 수감되었던 그레이는 난징 대학살을 기록한 16밀리미터 필름의 존재를 알게 되어 필름과 필름의 소장자이자 대학살의 생존자인 교수를 만나기 위해 도쿄로 향한다. 작가는 학살과 인육 밀매 등 근대사의 어두운 부분을 재조명한다.

11월 15일 엘릭시르에서 요네자와 호노부의 『바보의 엔드 크레디트』(권영주 옮김, 288쪽, 12,000원)와 『빙과』(권영주 옮김, 256쪽, 12,000원)가 출간되었다. 고등학교 고전부 학생들이 일상생활에서 발생한 사건을 해결하는 내용의 애니메이션 〈빙과〉의 원작 소설로, 독자의 예상을 뒤집고 청춘의 어두운 면까지 그려내는 것이 특징이다. 고전부 시리즈에 속하는 이 두 작품을 포함해

총 다섯 권의 시리즈가 모두 출간될 예정이다.

11월 15일 　작가정신에서 가와이 간지의 『데드맨』(권일영 옮김, 384쪽, 13,000원)이 출간되었다. 도쿄에서 시체의 각자 다른 부위가 사라지는 여섯 건의 연쇄살인 사건이 발생하는데 어느 날 담당 형사 앞으로 사라진 부위들로 만들어졌다는 데드맨으로부터 단서가 담긴 메일이 와 숨겨진 진실을 밝혀 나가는 작품이다.

11월 15일 　재인에서 히가시노 게이고의 『뻐꾸기 알은 누구의 것인가』(김난주 옮김, 424쪽, 14,800원)가 출간되었다. 올림픽 국가 대표 출신인 스키 스타 히다는 우연히 딸 카자미가 자신의 친딸이 아니며 납치된 아이라는 것을 알게 된다. 뻐꾸기의 탁란 습성에 빗대 등장인물들의 관계를 풀어낸 작품이다.

11월 19일 　시공사에서 요코미조 세이시의 『백일홍 나무 아래』(정명원 옮김, 316쪽, 12,000원) 가 출간되었다. 국내 출간된 긴다이치 코스케 열한 번째 작품이자 두 번째 중단편집으로 네 편의 시리즈 초기작을 수록했다.

송한별
'창작집단 몽니'의 우두머리. 소규모 출판 기획 및 편집자. 그러허별.
newshbx2@naver.com 　@newshbx2

선생님, 좋은 펀드 하나 있는데⋯⋯

글 | 최원호

    이 코너의 앞선 세 글은 국내 SF 시장의 과거와 현재에 대한 이야기였다. 이제 미래에 대해 말해보자. 앞으로 팬덤이 SF 시장에 어떤 방식으로 능동적인 영향을 끼칠 수 있을지를 검토해볼 때다.

    팬덤이 자급자족하는 동인지형 시장으로의 변화가 가장 안정된 방법이다. 최근 각광받는 크라우드 펀딩 역시 대부분 여기에 속한다. 새로운 프로젝트가 생성되면 그 프로젝트를 지지하는 팬들이 펀딩(선입금)을 하는 방식이다. 판매는 펀드 참여자를 위시한 팬덤 내부의 소비로 이루어진다. 이 경우 서점 배본 등에 신경 쓰지 않아도 되기 때문에 최소 부수를 1000부 수준에 맞추지 않아도 된다. 심지어 주문자에게만 배급하는 한정 제작도 가능하다. 따라서 프로젝트가 아예 엎어지지만 않는다면 손해 보는 장사를 할 확률이 낮다. 만들고 싶은 사람이 만들고, 사고 싶은 사람이 사는 이상적인 시장이다. 아아, 이윤보다 사랑이 우선하는 유토피아⋯⋯.

    이 방식에는 팬덤의 폐쇄성으로 귀결되는 몇 가지 문제가 있다. 우선 아마추어 프로젝트의 경우 저작권 등의 문제로 에이전시와 협상하기가 어렵다. 따라서 저작권 시효가 만료된 작품 위주로 진행될 확률이 높고, 그 정도로 오래된 SF는 기존의 매니아 밖으로 확산될 가능성이 낮다. 또한 제본이나 편집, 표지 등을 둘러싼 완성도의 문제도 있다. 이 역시 매니아들은 'SF로 대동단결' 연대의식을 통해 아마추어 수준의 완성도를 기꺼이 받아들일 수 있겠지만, 일반 독자들의 주의를 끌기는 더 어려워진다. 거기다 서점 등을 통한 일반적인 판매 루트를 이용하기가 어렵다는 문제도 있다.

    위 문제들은 그저 '이미 SF를 사랑하는 우리'가 보다 즐거운 독서 생활을 영위하는 데에는 별 문제가 되지 않는다. 그러나 점점 어두워지는 미래를 밝히고자 한다면 여기에서 만족할 수는 없다. 과학자가 되고 싶은 아이들이 많았던 시절에 SF를 영접한 소년소녀들은 이제 40대가 되었고, 이 연령대를 기점으로 SF 구매자는 점점 줄어들고 있다. 이는 절대인구수의 감소나 독서인구의 감소로 인한 변수를 감안하더라도 낙폭이 분명한 수준이다. 다시 이 불씨를 키우려면 어떻게 해야 할까. 저 위에서 단점으로 지적한 부분을 극복하면 그 확률을 높일 수 있을 것이다. 놀라운 판매고를 올린 황금가지의 '파운데이션' 박스세트가 좋은 예다.

    그런데 이렇게 하려면 개인이나 소규모 프로젝트를 넘어 기업화된 조직구조가 필요하다. 바로 출판사다. 잠깐. 나는 이 코너의 지난 글에서 SF 출판업계가 이미 한정된 자원을 소모하면서 점점 축소 중이라고 썼다. 그래서 기존 출판 시스템의 대안을 이야기하고 있는데 다시 결론이 출판사로 이어져도 될까?

가능성은 있다. 브로커를 쓰면 된다. 방식은 다음과 같다. 출간을 원하는 타이틀 하나를 정해 팬들이 '선금'을 브로커에게 입금하고 그 참여 인원수는 웹상에 실시간으로 고지된다. 이 돈은 실제 비용으로 사용되기보다는 책이 발간되었을 때 구매하겠다는 의지를 확인하는 용도로 쓰일 것이다. 자, 『A』라는 타이틀이 보고 싶어서 만원을 선입금한 독자들의 숫자가 늘어가는 게 보인다. 그걸 지켜보다 '이 정도 초기 구매자가 받쳐주면 해볼 만하겠다'고 판단한 출판사가 『A』를 출간하고 싶다고 브로커에게 연락해 출간을 약속한다. 책이 출간되면 브로커는 계약한 출판사에게서 선주문량만큼 책을 구매한 뒤 선주문자들로부터 잔금을 받고 책을 넘겨준다. 팬들이 희망하는 타이틀을 내면서 출판사의 리스크도 줄이게끔 기획한 변형 펀딩이다.

자, 이제 고양이 목에 방울은 누가 달까? 펀드 은행의 역할을 할 정도로 재정적인 신뢰가 있고 출판사와 소통할 여지도 많은 사람은 누구일까? 내가 생각한 제1후보는 대형 서점이다. 실제로 알라딘에서는 기존의 자체 북펀드를 강화하는 방식 중 하나로 이 방식을 검토 중에 있다. 현실적인 문제가 몇 가지 남아 있다. 예비 독자를 모집하는 도중에 출판사가 브로커와 논의 없이 몰래 저작권 계약을 한다거나, 선주문 판매를 베스트셀러 집계에 넣을 수 있는가 등의 절차적 문제. 이런 문제를 해결할 방안을 고심 중인, 아직 미완성인 방식이다.

이 미완의 계획을 여기 늘어놓은 이유는 하나다. 다른 누가 먼저 실행해도 좋고 맹점을 지적해도 좋고 변형 발전을 도모해도 좋고 좋은 아이디어를 제보해주셔도 좋다. 팬들이 능동적으로 움직여서 숨구멍이 하나라도 더 뚫리면 그걸로 오케이다. 물론 그중 대부분의 가능성이 엎어지고 그만큼 많은 미래가 삭제되겠지만, 나는 이 코너의 첫 글에서 이미 말했다. 이 글을 읽는 당신이 바로 역전의 SF 용사, 스파르타 최후의 '300'이라고. (웃음)

최원호
현재 인터넷서점 알라딘의 외국소설/예술 담당 MD.
아이디어 제보나 각종 논의 또는 항의를 원하시는 분은 트위터 @warnerous 또는 submind@aladin.co.kr로 연락 주시기 바란다.

젤나가의 유물

글 | 안태민

과학소설(이하 SF)의 묘미는 무엇일까? 장대한 시공간을 넘나들며 벌이는 모험을 보면서 느껴지는 쾌감일까, 아니면 치밀한 과학적 사고로 도출되는 지적 만족감일까, 아니면 대한민국 상위 0.001퍼센트의 사람들만 가진다는 배타적 멤버십을 보유했다는 만족감일까? 한 사람 한 사람 모두가 각양각색인 만큼 사실 얼마 되지 않는 사람들 속에서도 공통점을 찾기 힘들다. 그러나 대체로 보면 희미한 그 공통점을 일컬어 '경이감'이라고 부르는 듯하다. 그렇다면 나는 SF업계에 종사하면서 지금 어떤 '경이감'을 느끼고 있을까?

우선 내 입장에서는 가장 궁금했던 수수께끼가 하나 풀려서 기분이 좋다. 출판계에 입문하기 전, 나는 도대체 SF 바닥이 얼마나 힘들어서 대기업도 간만 보고 발을 빼며, 중견 출판사들도 찔끔 싸고 도망가는지 정말 너무 궁금했다. 에누리 없는 장사 없다더니 뻥 치는 거 아닐까 하는 생각도 들었고 애정이 없어서 그런 게 아닐까 하는 분노도 들었다. 하지만 출판사에 취직하지 않는다면 알아낼 수 없는 정보니 내가 직접 알아보기로 했다. 그리고 이제 어느 정도 윤곽이 잡혔다. 항해의 중간기착지에 도착해 주판을 튕겨보니 앞으로 판매될 수 있는 최대수치는 권당 대략 평균 300권 수준일 듯하다. 이 중 20퍼센트 정도는 도서관 납품용이었으니 개인고객의 수는 아마도 250명 언저리 수준일 것으로 생각된다. 약간은 이른 판단이지만, 선인세도 회수하기 힘든 실적이니 최초의 실험모델은 실패한 것으로 보인다.

그러나 수가 적다고 실망한 건 아니다. 이 바닥에 뛰어든 나나, 이 글을 읽고 있는 독자 모두 이 정도 수준일 거라는 건 짐작하고 있었을 것이다. 정상적인 상업논리로만 치자면, 어쨌든 큰 출판사들이 이 바닥에서 빠져나가는 것도 충분히 이해가 갈 것이다. 절대 발 붙일 수 없는 황무지다. 하지만 어렵다고 쉽게 포기하지는 말자. 『달을 판 사나이』의 주인공인 디디 해리먼이 오늘날 세상 사람들이 말하는 논리대로 수십억 달러의 자산을 부동산에 투자해 월세만 받아먹고 산다거나, 대부업을 통해 이자로 재산만 불린다면 주변에서 이래라 저래라 하는 사람들의 허세만 만족시켰을 거다. 그리고 그가 그런 삶을 살았다면 평생 몸은 편했을지 몰라도 아마도 마지막 눈감는 순간이 왔을 때 자신의 소중한 인생과 꿈을 남만 만족시키느라 희생시킨 선택에 대해 후회했을 것이다. 동시에 우리들 역시 그의 인생에 대해서 아무런 감흥을 느끼지 못했을 것이다. SF의 또 다른 묘미는 바로 이런 것이다. 역경을 딛고 일어서는 주인공. 사실 달에 가는 것도 유치한 수준이다. 코찔찔이 애송이가 외계 침략으로부터 인류 전체를 구원하고, 심지어 장애를 가진 아이도 군 최고사령관이 되어 우주와 전쟁을 벌이지 않는가? 시련의 스케일이 이 정도는 되어야지 힘들다 소리나 하지, SF팬으로서 고작 책 팔이가 힘들어서 나자빠지면 어찌 부끄럽지 않겠는가?

일찍이 맹자가 자신의 왕도를 설파하면서 이런 말을 했다. "하늘의 때가 땅의 이로움만 못하고, 땅의 이로움은 사람들 사이의 화합만 못하다天時不如地利, 地利不如人和." 출판계로 치자면, 하늘의 때天時는 경제상황이요, 땅의 이로움地利은 해당 분야요, 사람들 사이의 화합人和은 독자다. 인터넷서점도 매출이 줄어드는 최악의 시장상황에, 하필이면 안 팔리기로 유명해 모두가 정체를 숨기고 판매하는 SF 분야에, 독자수도 전체인구의 0.0006퍼센트만 존재하는 이곳에서 살아남기란 구조적으로 불가능한 일인가?

아니다. 나는 오히려 250여명의 독자층이야말로 훌륭한 자산이라고 생각한다. 비록 수는 적더라도 10년 넘도록 이어지는 고난의 행군에서도 살아남은 소수의 열성팬들이다. 맹자도 말했듯 천시, 지리보다 중요한 건 인화다. 300명의 스파르타 군사가 페르시아의 100만 대군을 막아낸 이야기는 유명하지 않은가? 아니, 부서지기 직전인 12척의 배를 가지고 300척이 넘는 적의 정예함선을 명량에서 박살낸 충무공의 선례도 있지 않은가? 수가 중요한 것이 아니라 승전을 이끈 전략이 중요하다고 생각한다. 조악한 품질이지만 서슴없이 책을 사주고, 번거로움을 무릅쓰고 도서관에 신청까지 해주는 훌륭한 독자들이 있고, 게다가 전략을 세울 수 있도록 시간을 벌게 해주려고 독자들과 알라딘 측에서 특혜에 가까운 스페셜 북펀드도 성사시켜줬는데 회사가 망하게 된다면 운영전략을 잘못 세운 출판사의 책임이라고 생각한다.

그렇다면 어떤 전략이 있을 수 있을까? 사실 글을 적고 있는 나도 모른다. 위력적인 투구로 경기를 압도하는 투수가 아니라 상황에 따라 요리조리 꾀를 굴려가며 맞춰 잡는 형태일 수밖에 없을 것이라는 생각이 들 뿐이다. 다만 한 가지 확실한 건 아주 예외적인 상황이 벌어지지 않는 한, 구매자 수는 큰 변동을 보이지 않는 일종의 상수가 될 것이라는 점이다. 이 점에 기반을 두고 전략을 세워야만 할 것이다.

그중 한가지로 북펀드를 예로 들어보자. SF분야에서 기존 방식의 북펀드는 성공하기 힘들다.(우리가 했던 건 구매까지 일정 부분 해주는 스페셜 북펀드였음을 감안하자) 북펀드도 일종의 채무인데, 채무를 갚기 위해서는 빌린 돈(A) 이상의 돈(B)을 출판사가 벌어야 한다. 그런데 (B)가 (A)보다 훨씬 못 미치는 지금의 상황에서 북펀드를 성사시키더라도 결국 출판사는 대출을 받아서 (A)를 갚아야 할 수밖에 없다. 당장의 생존에 도움을 줄 수 있을 뿐이고 결국 부채는 쌓여가다 언젠가는 나락으로 추락하게 된다. 전통적인 전략으로는 절대 이 게임에서 살아남을 수 없는 것이다.

다시, 어떤 전략이 있을 수 있을까? 역시나 답은 없다. 다만 한 가지 아쉬운 점은 있다. 하늘 아래 새로운 것은 없고, 내가 하는 고민 역시 이전의 누군가가 분명 오랜 시간 머리를 싸맸을 거라는 점이다. 참고할 수 있는 그 기록들이 필요하다. 하지만 대부분이 사라져버렸다. 특히나 온라인상에서 축적되었던 방대한 자료들은 모두 사라진 상태다. 박상준 선생이 운영하는 SF아카이브란 곳이 있지만, 비공개이며 심지어 주소도 나오지 않는다. SF판타지 도서관도 서적 위주라서 온라인 자료는 보유하고 있지 않다. PC통신 시절의 △천리안, △하이텔, △나우누리, △유니텔의 게시판은 물론이고, △정크SF, △월간 SF웹진, △SF readers 같은 장소에 쌓여 있던 자료 모두 유실되었다. 온라인 자료의 문제점이 바로 이런 것이다. 책으로 나왔으면 국립중앙도서관에서 복사라도 해 새로 진입하는 뉴비나, 관심 있는 사람들이 참고할 수 있을 터인데, 도무지 방법이 없다. 그곳에 쌓여 있는 서평들이나 분석 글들은, 직접 보지 않아서 확신할 수는 없지만, 그 이후에도 크게 상황이 변하지 않은 국내 SF시장 상황상 지금도 충분한 가치가 있을 것이라고 생각된다. 누군가 자료를 백업해놓으신 분 있으시면 아래 필자 약력의 이메일 주소로 연락 주시기를 간곡히 부탁드린다. 지금은 새로운 전략이 필요한 상시적(?) 비상 상황이다.

이야기를 길게 늘어놓은 것 같다. 가끔 언론기사나 SNS 계정을 통해 영화나 드라마 속 주인공이 되고 싶어 하는 사람들을 접하게 된다. 그러나 그 발언 뒤에는 '가족 때문에', 또는 '현실 때문에' 결국 한 발짝 물러서는 모습이 대부분이다. SF출판업은 사람들이 꿈꾸던 주인공이 될 수 있는 좋은 분야다. 우리 회사만 보더라도 첫 출간 초기에 번역자 갈아 마신다고 롤러코스터를 탔던 그 모습은 한 편의 액션 스릴러였고, 지금 판매량을 보면 호러며, 인간이 불쌍하다고 한 푼 두 푼 건네주신 독자님들과 무료 노예사역에 동원된 친구들의 우정을 보면 휴먼 드라마다. 아직 흥행 결과도 나오지 않아 흥미진진한 한 편의 영화이자 드라마다. 책도 내고 영화 속 주인공도 될 수 있는 이 좋은 기회를 놓치고 후회하지 않길 바란다. 나 같은 문외한도 무능함을 드러내는 뻔뻔함과 욕 먹을 용기만 있다면 할 수 있는 쉬운 일이니, 많은 분들께서 이 분야에 동업자로 참여해주시기를 간절히 희망한다. 백지장도 여러 사람이 들수록 일은 더욱 쉬워진다.

안태민(firebird_pub@naver.com)
SF출판사인 '도서출판 불새'에서 경영에 일절 관여하지 않는 돌부처 대표를 상전으로 모시고, 계약, 번역, 편집, 판매, 세무 등 모든 업무를 담당하고 있다.

음모가 자란다

글 | dcdc

친구야 지금부터 내가 하는 이야기는 사실이다 하나에서 열까지 틀림없는 진실이다 나도 내가 보고 들은 모든 것이 차마 믿을 수 없고 믿고 싶지도 않지만 안타깝게도 이 모두 이미 일어난 일이다 친구야 어쩌면 좋으냐 나는 너는 그 아이는 우리는 모두 음모에 갇혔다 음모에 갇히고 말았단 말이다 도무지 헤어날 수 없는 헤어에 갇혔단 말이다 이 모든 말이 진담이라니 나부터가 어이가 없으나 이 모두가 사실이니 어쩌겠느냐

그 아이는 내 학생이다 아직 어린 나이에 걸맞게 자신을 과신하고 자신 외의 모든 사람을 불신하지만 그래도 현명한 아이다 왜냐하면 나는 그리고 너는 자신을 불신하고 남들을 과신하니 어찌 보면 셈이 맞아떨어지는 셈이 아니냐 그런 점에서든 아닌 점에서든 그 아이는 현명하다 이도 내가 나 자신을 불신하고 그 아이를 과신하는 탓일지 모르나 나를 그렇게 만들었다는 점만으로도 그 아이가 현명한 아이라는 것은 불신의 여지가 없을 것이다

그 아이는 내 학생이지만 학생이 아니기도 하다 나는 나에게 그 아이에게 하나라도 가르쳐줄 무언가가 있다고는 차마 말하지 못하겠다 다른 사람이 보기에는 그저 평범한 중학생일 것이다 짧은 숏커트에 활발하게 친구들과 수다를 떠는 그 아이의 모습은 그저 평범하다 누군가와는 다투고 누군가와는 즐겁다 그러나 교단 위에 서서 나를 응시하거나 무시하는 반학생들을 훑어보다보면 그 아이가 있는 곳에서 내 눈은 예상치 못한 계단 한 단을 밟듯 헛발을 차고는 한다 나는 몇 번이고 심장을 부여잡고 심호흡을 하고 다시 그 아이를 관찰하려 하지만 그렇다 친구야 나는 한 번도 그 만용 어린 시도에 성공하지 못했다

모든 것의 시작은 그 아이의 한 마디로부터다 그 아이의 한 마디로부터 내 모든 것은 끝났다 그 아이가 나를 방과 후 교실로 불러냈을 때 나는 많은 것을 각오해야 했다 나의 과잉된 충성심이 그 아이에게 부끄러운 양태로 발현되지 않게 하기 위하여 수많은 제약과 절제를 다짐해야 했다 판사의 선고를 기다리는 죄인의 심정으로 그 아이를 기다려야 했다 백 초 같은 백 년이 지나야 했다

그 아이가 교실로 들어왔다 교복을 입었지만 그 누구와도 달라 보였다 날카롭게 그어진 눈썹에 그 아이의 시야가 가리키는 것 전부가 조각날 것이다 나는 기립하였고 그 아이는 모든 것을 끝낸 그 선언을 입에 잠시 머금었다 뱉어내었다

선생님
음모가 자라고 있어요

그때 나의 머릿속은 복마전이었다 지옥의 모든 악마들이 그때만은 지옥 불구덩이 속이 아닌 나의 머릿속에서 수많은 음탕한 짐승과 죄인들을 벌주었을 것이다 나는 세상에 존재하는 모든 단어의 수만큼이나 눈꺼풀을 깜빡인 뒤에야 나 자신이 임용고시를 준비하면서 초중고생을 위한 성교육교과과정과 정치적으로 올바르지 않은 일상적 발언들에 대한 주의사항을 배웠음을 기억해냈지만 그 내용은 단 하나도 기억해내지 못했으니 모든 것이 무용지물이었다고 할 수 있겠다 나의 혼란은 무시되고 그 아이는 말을 이어 나갔다

　은밀히 냄새를 풍기고 있죠

　나의 침묵을 이해의 표시로 보았는지 그 아이는 음모에 대하여 이야기를 하기를 멈추지 않았다

　느껴지지 않으세요?

　중학생의 당돌함을 상대해야 할 교사의 권위는 느껴지지 않았다 나는 그 아이의 맹랑한 말 속에 장난기라도 있길 기대했으나 그 굳은 표정에서는 그 비석처럼 차갑고 굳은 표정에서는 하나의 선고만을 읽을 수 있었다 음모가 자라고 있다는 그 선언만을 말이다

　세상은 멸망할 거예요
　이 음모에 집어삼켜져서요

　친구야 그 당시의 나의 표정을 상상해보아라 아마 그때의 나는 아마 지금의 네가 지은 그 표정을 짓고 있었던 것 같다 그렇다 음모는 음모였다 그러나 당시 나는 아직 그 음모를 확인한 것은 확신한 것은 아니다 나는 그제야 그 아이에게 하나의 대답을 건넸다

　꾸……꾸렉?

　너는 그날을 기억하고 있을 것이다 내가 평소보다 한 병의 술을 더 먹고는 요즘 학생들의 속은 도무지 알아먹을 수 없다고 흔한 주정을 한 그날을 기억하고 있을 것이다 그리고 그날이 바로 그날이다 내가 꾸렉이라고 말한 날이다 한 병의 술을 더 마실 수밖에 없던 그런 그날이었다
　나는 그날 그 아이에게 음모가 자라고 있다는 선포를 들은 그날 꾸렉이라고 말한 그날 친구야 너와 술 한 병을 더 먹은 그날 돌아오는 길에 하나의 금을 보았다고 생각했다 주황빛 백열등만이 도로를 적시고 있던 그 거리에서 나는 하나의 금을 보았다고 생각했다 꾸물꾸물 이 세상에 균열이 작게 하나 그어졌다고 나는 그렇게 생각했다 그렇지 않았다
　그날의 다음 날 학교 교무실은 뉴스로 시끌법석했다 나는 그 이유를 몰랐다 너는 그 이유를 알 것이다 그날의 다음 날의 아침 너는 나처럼 그날의 술이 남기고 간 여진 때문에 몰랐을 것이다만 이제 너는 알 것이다 그날 그 아이가 내게 음모가 자라고 있다고 폭로한 날 내가 꾸렉이라고 말한 날 용서하지 못한 날 술로 벌준 그날 너가 부축해야 했던 날 바로 그때 대통령의 아들이 국비로 국민의 세금

으로 자기가 살 집을 샀다는 것을 인터넷을 통해 누군가가 폭로했는데 너가 아직까지 그날의 술이 남긴 진동에 흔들리지야 않을 테니 이도 모르진 않을 것이 아니냐 그래 그날이 그날이었다 그 난리가 난 그날이었다

그날의 다음 날 그러니까 학교가 소란스러웠던 그날 그 아이는 나에게 무언의 기대를 갖고 나를 바라보았다 나는 그 시선을 느꼈다 아니면 나 자신이 그 아이에게 무언의 기대를 갖고 그 아이를 바라보았기에 그 아이를 향한 나의 시선에 대한 답변을 나를 향한 그 아이의 시선이라고 오독한 것인지도 모른다 그러나 단 하나 확신할 수 있는 것은 친구야 너에게 내가 말해줄 수 있는 것은 그 아이와 나는 한 번 더 이야기를 나누었다는 것이다 바로 그날 그날의 다음 날 그날 한 번 더 다른 이야기를 나누었다는 것이다

아침조례를 용하게도 탈 없이 마치고 교실을 나서던 차였다 그 아이가 다가왔다 그 아이는 비밀을 공유하는 동지로서 나에게 다가왔다 나는 그때까지도 도무지 뭐가 어찌 어떻게 돌아오는지 감도 배도 못 잡고 있었지만 그 아이는 나를 더할 것 없이 모든 걸 나눈 상대방으로 여기며 다가왔다

한 가닥이 삐져나왔네요

나는 미치는 줄 알았다 아니 미쳤다 오 초 동안 완전히 돌아버렸다 콧구멍으로 털이 아니라 뇌가 삐져나왔다 고대 이집트인들이 미라를 만들기 위하여 시체의 콧구멍에 쇠젓가락을 집어넣어서 뇌를 빼듯이 콧물이 콧털을 따라 흘러나오듯이 뇌가 삐져나왔다 뇌를 다시 집어넣기까지 오랜 시간이 걸렸다 기나긴 시간이었다 아주 길었다

너가 술을 많이 마신 날이기도 했다 그날의 다음 날인 그날 우리는 또 만나 술잔을 맞부딪히지 않았던가 그날의 다음 날의 저녁은 TV가 있는 작은 호프집에서 만났었다 그렇지 않았느냐 아마 무슨 경기를 보자는 이유에서였을 터였으나 너는 그날 경기를 보지 않고 경기를 일으킨 참이었다 참으로 경기를 살리지 못하는 대통령 덕이었다 세련된 듯하려고 세련되지 못한 그림을 걸어놓은 그 호프집에서 틀어놓은 뉴스 프로그램에서는 대통령을 내놓은 여당에서 선거방해를 했다는 속보가 우리가 정신줄을 놓을 때까지 술을 마시게 우리가 술잔을 놓게 놓아주질 않았기 때문이었다 너는 그날 그러니까 그날의 다음 날 그래서 술을 그렇게 많이 마신 것이었다

무슨 놈의 나라가 하루 걸러 사고가 터지냐며 너는 분통을 터뜨렸다 변비로 막힌 너의 항문보다도 자주 이렇게 굵직굵직한 똥덩어리들을 토해낸다고도 말했다 경기는 잊고 술을 마셨다

너의 이야기는 사회전반으로 범위가 확장되었다 너는 너와 내가 이상한 시대에 살고 있다고 말했다 너는 너와 내가 너무나도 이상한 시대에 살고 있어서 너무너무 속이 상한다고 말했다 모두가 거짓말을 하고 모두가 거짓말을 하는 것을 알고 있고 모두가 거짓말을 하는 것을 알고 있는 것도 알고 있지만 아무도 무엇을 어찌할지를 모르는 시대라고 말했다 너무나도 이상한 시대지만 너무너무 이상한 시대에 오래 살아서 너도나도 이상한 줄 모르는 듯하다고 너는 말했다

기억할 것이다 그날 술값을 내가 더 많이 냈다는 것을 너는 기억할 것이다 나는 너의 과음이 술값을 내지 않으려는 잔머리가 아닌가 고민하며 너를 부축해 술집에서 너를 끌어냈다 겨우겨우 너를 택시에 집어 던진 뒤 나는 어정쩡하게 깨고야 만 취기를 어쩔 것인가 얼떨떨하게 길 위에 서서 고민했다 그리고 그 순간이었다

그 길 맞은편 건물 가운데 걸린 커다란 TV가 도시 가운데 도심 가운데 건물 가운데 걸린 커다란 TV가 그 안에 보여주는 뉴스의 화면 가운데 있는 한 남자가 무언가 거무튀튀한 무언가의 끈 같은 것에 매달려 조롱하듯 조종당하는 모습을 보았다 그 순간이었다 한 남자가 TV가 걸린 커다란 건물이 세워진 도심이 있는 도시에 있는 나의 눈에 무언가 거무튀튀한 끈에 매달려 졸리고 있는 모습을 보여준 그 순간에 나는 그 아이가 어디 있을지 문득 궁금해졌다

다음 날 그러니까 그날의 다음 날의 다음 날 내가 너보다 적게 먹고 많이 낸 그날의 다음 날의 다음 날 세상의 균열을 본 그날과 TV 속 남자가 조종당하는 모습을 본 그날의 다음 날의 다음 날 출근인지 등교인지를 한 날 나는 누군가에게 말했다간 날 한심한 눈으로 바라볼 황당한 가설을 떠올리고 날 향해 그냥 웃고 말았다

그 아이도 알고 있을지 모른다 나는 그렇게 생각했다 그날 대통령 아들의 세금 착복과 그날의 다음 날 여당의 선거부정 이 세상의 균열과 꼭두각시들 그리고 여기에 얽힌 비밀을 그 아이가 알고 있을지 모른다 그렇게 생각한 나는 나 자신이 생각해봐도 한심한 노릇이라고 긴장된 헛웃음을 짓고 말았다

그날의 다음 날의 다음 날의 점심시간이었다 학생들은 급식을 비우고 운동장으로 나가거나 책상에 엎드려 자거나 삼삼오오 모여 수다를 떨거나 책을 읽거나 핸드폰을 만지작거리거나 교무실에 와 심부름을 하거나 하였다 교무실에 와 심부름을 하는 학생은 그 아이였다 바로 내가 바로 직전까지 떠올리고 있던 그 아이였다

그 아이는 전 시간이 체육수업이었는지 체육복을 입고 있었다 땀이 조금 흘러 짧은 머리카락이 뺨에 달라붙어 손을 대어 떼어주고 싶은 욕망에 델 것 같아 나는 나의 철없는 심장을 훈계해야 했다 그 나이 또래의 학생들처럼 혈색 좋은 뺨에 운동으로 달아올라 상기된 그 아이는 증기기관처럼 씩씩대고 있었다 전 시간이 체육이었을 것이다

나는 아무렇지도 않게 나의 웃기지도 않은 가설을 그 아이에게 이상해 보이지 않도록 조심하면서 들려줄 요량으로 손을 흔들어 그 아이를 불러 세웠다 세웠다만 나는 그 아이에게 어떻게 이야기를 꺼내야 좋을까 이렇게 불러 세운 게 이상하지 않을까 그제야 떠올라 우물쭈물 손을 부채 부치듯 흔들었다

영문을 아는지 모르는지 토익이 만점은 될 듯한 그 아이는 내 하릴없는 손 부채질의 바람을 쐬고 싶다는 듯 두 눈을 감고 고개를 내밀어 나에게 다가왔다 나는 한 땀 한 땀 바느질하는 장인의 손길로 부채질을 하려 했다

그때 나는 맡았다 그 아이의 땀내를 맡았다 교무실을 가득 메운 에어컨의 메마른 공기를 짓밟는 그 땀내를 맡았다 친구야 나는 맡고 말았다 노폐물마저 싱싱한 그 아이 맡고 말았다 농밀하여 기체가 아닌 고체로 나의 비강을 메워 터질 것 같은 은밀하고 역겨우며 중독될 것 같은 땀내였다 내가 맡은 것은 그런 냄새였다 그 아이의 발냄새를 맡을 수 있다면 나는 다른 누구를 제치고서라도 교무실 땅바닥에 엎드려 코를 박는 추태를 기꺼워 할 것이다 지금에 와서도 나는 그럴 것이다 발바닥이라도 한 번 핥을 수 있다면 요거트 뚜껑 핥듯 집요히 혀를 놀릴 것이다

나는 다시 너를 불러 술을 마실 염치는 없었다 그날도 마시고 그날의 다음 날도 마시고 너는 이틀 모두 곤죽이 되어 떡이 되어 먹기 좋게 넉다운이 되었는데 어찌 그날의 다음 날의 다음 날도 술을 마시자고 불렀겠느냐 그저 너의 술 냄새 맡는 재주가 나 못잖아 나를 용케 찾아내어 함께 또 술을 마시

긴 했다마는 말이다

가벼이 맥주로 목에 낀 때를 밀고 나서 나와 너는 거리로 나섰다 목에 끼인 때를 벗겼으니 위장을 침범한 녹을 긁어내자는 셈에서였다 그리고 그 거리에서 나와 너는 보았다 종로 거리 커다란 TV 아래 TV에서는 나오지 않는 풍경을 보았다 커다란 개미 떼 같은 전경 무리가 거리를 메운 시위대를 몰아세우는 풍경이었다 빌딩 위 커다란 TV의 아나운서가 과도하게 섹시했다 붉은 입술로 입도장을 찍은 듯 거리가 빨갛게 물들었다

나와 너는 그 시위대의 무리에 휩싸일까 두려워 물러났다 어린 시절부터 데모와는 멀었다 나와 너 모두 그들을 이해한 적이 한 번도 없을 터이다 그러나 내 눈에는 시위대보다도 더 이해할 수 없는 것이 보였다 털이었다 나는 거리에 돋아난 긴 털들을 이해할 수 없었다 그 긴 털을 모른 체하는 너와 시위대와 전경들은 이해할 수 없다 못해 믿을 수 없었다 나의 두 눈을 믿을 수 없었다 친구야 너는 정녕 그날의 다음 날의 다음 날 그것을 보지 못했느냐 술에 취해 보지 못했느냐 이 땅에 자라난 음모를 보지 못했냔 말이다

그것은 분명 음모였다 가늘고 꼬불거리고 검은 와중 매끈하게 광택을 내는 음모였다 나는 세계에 무수한 잔금이 그어진 거라 생각했다만 곧 그것이 도시에 자라난 음모임을 알 수 있었다 나는 인형을 조종하는 끈이라고 생각했다만 그것이 도시에 자라난 음모임을 느꼈다

개미처럼 빛나는 헬멧을 쓴 투구를 쓴 전경들은 종로 한복판 아스팔트 도로를 뚫고 자라난 음모 한 가닥 한 가닥 매달려 있었다 개미처럼 빛나는 헬멧을 쓴 투구를 쓴 전경들은 그들을 묶은 음모가 그들을 이끄는 대로 무기력한 표정을 지은 채 개미처럼 먹잇감인 시위대 진열을 갉아먹어갔다 음모가 분명했다 그들을 엉켜 묶어 무관심한 폭력으로 떠미는 음모 가닥가닥들이 사람만 한 기다랗고 거뭇하고 반딱이는 음모가 체모가 분명했다

어쩌면 그냥 검은 줄이 아니었냐고 너는 말할 수 있을 것이다 하지만 아니다 너는 그렇게 말해서는 안 된다 나는 알았다 그 검은 터럭에서 나는 냄새는 아는 냄새였다 그 아이의 냄새였다 싱싱하게 상한 그 냄새는 그 아이의 냄새임을 착각할 리 없다 나는 이 도시에 자라난 음모가 기다란 털이 사람을 묶을 만큼 짙은 음모가 굵다란 털이 썩어가는 냄새로 자욱한 음모가 싱싱한 털이 그래서 음모임을 확신할 수 있었다 그 누구도 너도 전경들도 시위대도 보지 못하는 그 털이 나만 알고 나만 보지 않을 수 없는 그 털이 음모라고 꼬불꼬불한 모습과 광택과 냄새로 있을 수 없을 만큼 길고 굵은 아스팔트 무기물에 돋아난 존재를 음모라고 인정할 수밖에 없었다 맞았다 그 아이가 맞았다 음모가 자란다 이 도시에는 음모가 자란다 그 아이의 상한 냄새가 나는 음모가 자란다 나는 되뇌었다 냄새가 나는 음모가 나는 음모가 냄새가 음모가 나는 나는 그 아이가 음모가 나는 냄새가 나는 음모가 친구야 나는

나는 출근을 점심께야 하고 말았다 그날의 다음 날의 다음 날의 다음 날 나는 출근인지 방황인지를 모를 무언가를 점심 때 학교로 가는 것으로 종결지었다 왜냐고 묻는다면 답할 길이 없다 너보다도 술을 적게 마셨던 내가 왜 늦었을까 긴 밤 눈떠 새우고 아침까지 도시를 헤맨 내가 왜 학교도 가지 않았을까 거리를 메운 전경들을 마리오네트처럼 묶은 털 사이를 헤매기만 했을까 뭐라고 답해야 할까 모르겠다 아마 음모 때문이라고 기억하지만 학생인 그 아이가 학교가 아닌 어디에 있는지 몰랐다고 하면 그것도 선생으로서 우스운 노릇이 아니겠느냐

나는 복도를 뛰었다 복도를 뛰지 말라고 써져 있었지만 나는 복도를 뛰었다 텅텅텅 텅빈 복도에 텅

팅팅 소리가 가득 찼다 교실은 모두 수업 중이었는지 복도에는 나를 막을 사람이 없었다 그래서 나는 복도를 뛰었다 교실 문을 열었다 그 아이의 반이다

수많은 눈이 나를 향했다 당연한 일이다 교실 안에서 선생님이 수업하시는데 교실 문을 열고 선생님이 수업을 망치겠다는 듯 씩씩거리면서 들어왔으니 말이다 웅성거리는 소리가 들렸는데 그것이 학생들의 소란인지 나의 혈관의 담합인지 지금 생각해보면 갸우뚱한다

선생님이 나를 향해 다가와 나는 선생님을 밀쳤다 학생들도 밀쳤다 미쳤다는 이야기가 들렸다 어느 것이 정확한 것인지는 모르겠다 친구야 나는 그 아이를 찾았다 있었다 그 아이는 있었다 진짜다 진짜 있어서 나는 너무 기뻤다 또는 무서웠다 그 아이의 눈을 보았다 무서웠다 그 아이가 나를 보는 그 두 눈은 무서운 것을 보는 두 눈이었다 나는 그 아이가 무서운 것을 보는 눈으로 나를 보는 것이 눈물이 나도록 무서웠다 무서워서 눈물이 나는 나를 무서운 눈으로 그 아이의 눈이 보고 있었다

나는 그 아이를 일으켜 세웠다 두 손으로 어깨를 강하게 붙잡아 흔들었다 그 무서운 두 눈은 이제 흔들리기까지 했다 그 아이 주변에 앉은 학생들은 자리를 뒤로 물렸다 커다란 원이 만들어졌다 그 아이는 그 아이의 두 눈은 그대로였다 떨렸고 두려움으로 가득 찼다 눈물이 차올랐다 나도 마찬가지였다 울었다

선생님
무서워요

나도 그랬다 무서웠다 그 아이도 역시 나랑 같이 두려웠다는 사실에 안도했다 음모가 무섭지 않았겠느냐 나 역시 그랬다 다만 그 아이도 음모가 무섭다는 것은 음모가 무섭다는 확증이었으므로 무서운 것은 여전했다 무서운 음모다 무서워 무서워 땀이 등줄기를 타고 내려 서늘했다 그 서늘함은 시원함과 섬뜩함의 둘 중 하나였을 텐데 구분이 가지 않는다

교실에 소란스러움이 가득 차고 그 아이의 어깨를 꽉 쥔 내 손에도 힘이 차고 그 아이의 눈에도 눈물이 찼다 학생들이 나를 비난하기 시작했지만 원통했다 그 학생들도 음모를 봤다면 그 아이가 내게 보여준 그 음모를 봤다면 나를 비난할 수 없을 것이다 그렇다 친구야 너도 나를 비난할 수 없을 것이다

나는 무서움을 참아내고 간신히 이 사태를 고발하여 나의 결백함을 증명하고 그 아이의 음모를 만천하에 폭로하여 평화로운 세상을 되찾을 셈이었다 그럴 셈이었다 입을 열었다 혀가 떨렸다

음머

눈을 뜨니 양호실이었다 나는 그렇게 울고 기절했던 것이다 양호실은 조용했다 나와 그 아이 말고는 아무도 없었다 그 아이는 침대에 누운 내 옆에 앉아 나를 보고 있었다 숏커트 머리에 닿을 듯 치켜 올라간 눈꼬리와 접힌 미간은 아직 어려 주름이 남지 않을 듯 순결했다

경솔하셨어요

몽롱함 속에서 나는 그 아이의 책망을 온몸으로 맞았다 어떤 음모보다도 그 표정이 두려웠다 그 아

이는 어쩔 수 없다는 듯이 혼이 나 울먹이는 아이를 달래는 엄마와 같은 미소로 울먹이는 나를 달랬다

자요

그 아이는 내 이마에 손을 댄 뒤 양호실을 나섰다 나는 다시 잠들었다 다시 일어났다 그 아이는 없었다 양호실에는 나뿐이었다 이마에 남은 온기를 필사적으로 찾았다 아마 다시 찾은 듯하다 나는 확실히 하기 위해 밖으로 나갔다

교실에 들어가니 선생님과 학생들이 나를 바라보았다 몸은 이제 괜찮으냐며 상냥하게 안부를 물어왔다 학생들은 언제나의 심드렁한 표정을 하고 있을 뿐이었다 모두들 방금 전의 일도 그 아이와의 일도 모른다는 듯 그대로 그대로였다 그리고 나는 발견했다 교실 바닥에서부터 자라난 음모를 음모들이 학생들과 선생님을 묶고 있다는 것을 반질반질 검고 짙은 빛을 반사하는 길고 꼬부라진 털이 사람들의 목과 손목과 발목에 뒤엉켜 제멋대로 움직이며 놀고 있었다 음모였다 친구야 모두들 잊고 있었다 나는 이 음모의 목적이 알 수 없는 공포가 조금씩 나를 죄어오는 것을 느꼈다

교실 바닥에 난 금도 그 금을 뚫고 자라난 음모도 모두 선생님도 학생들도 보지 못한다 나는 음모가 꿈틀거리며 나에게 다가오는 것을 짓밟고 비명을 지르며 바깥으로 뛰쳐 나갔다 학교 바깥은 도시안은 음모로 가득했다 건물 하나하나를 덩굴이 타오르듯 음모가 감고 있었다 지금처럼 도시가 음모에 갇히고 만 것은 그때부터였다 정확한 시간은 몰라도 바로 그때부터였다

나는 음모 속을 헤치는 한 마리 사면발이와 같이 도시를 헤맸다 음모에 가려 길이 보이지 않았다 그 아이를 찾았다 그 아이의 음모가 분명했기 때문이다 흐드러지게 썩은 생생한 그 아이의 내음이 분명했기 때문이다 상하고 역하며 달콤한 향을 내는 음모 숲 속의 산림욕은 내 심신을 돌아버리게 만들기 충분했다

음모 속에서는 많은 것이 보였다 나는 거리를 가득 메운 음모 속에서 많은 것과 마주쳤다 음모 너머로 반짝이던 커다란 원반에서 눈이 큰 나신의 외계인이 내려와 소들의 피를 빨아먹었다 광장을 가득 찬 음모 사이로 김광석이 노래하는 모습을 보노라니 역시 그가 죽지 않음을 알 수 있었다 수많은 음모 위에서 수천만의 노무현이 땅으로 추락하고 있었다 케네디와 마릴린 먼로가 춤을 추는 사이로 유대자본을 필두로 한 시오니스트가 음모를 엮어 만든 수용소에 나치를 상대로 제 2의 홀로코스트를 열고 있는 속에 사이보그 히틀러가 엄지손가락을 치켜세운다 김정일이 수돗물에 탄 불소를 아리수라고 들이마신 이들이 치아건강과 함께 공산주의 빨갱이로 세뇌되어 붉은악마 유니폼을 입고 대한민국을 외치고 있었다 여배우 김꽃비가 우주대통령 취임식을 선포하는 영상이 종로 한복판에 송출되며 서태지의 서른두 번째 이혼설과 여든여섯 번째 부인에 대한 이야기가 자막으로 나오고 있었다 세튼은 송아지였고 서울대학교의 비밀 연구소에서는 둘리가 빙하 타고 내려와 브라퀴로 불알을 긁는 브라질 사이로 타블로의 출신대학이 북한의 김일성대학이라는 속보가 소소히 들려왔다

타워팰리스에 올랐다 옥상으로 올라갔다 음모로 뒤덮인 이 도시에서 서울에서 기다랗고 굵은 음모가 아직 감싸 오르지 못한 건물은 타워팰리스뿐이었기 때문이다 한 층 한 층 타워팰리스를 걸어 올라가는 것은 이 도시에 대한 순례나 다름없었다 도시의 역사만큼이나 많은 것들을 도시의 역사만큼이나 오랜 시간에 걸려 거쳐야 했다 옥상에는 그 아이가 있었다 당연하다 그 아이 말고 누가 있을 수 있겠느냐 팰리스의 맨 꼭대기 위에 드러누운 그 아이가 잠든 모습은 음모의 숲 속에 잠든 미녀로다

그렇다 그 아이는 타워팰리스 옥상에서 잠을 자고 있었다 이 도시가 썩은 것들로 가득 차 멸망하고 있다는 것도 아랑곳 않고 양손을 가슴에 얹은 채 교복의 모습 그대로 순수를 간직한 채 그대로였다 이 도시에서 음모에서 유일하게 벗어난 이곳이라도 그 아이와 그 아이의 음모에서 나는 역취에서 벗어날 수는 없었다

하늘을 바라보니 음탕한 달이 떠 있었다 그 어느 때보다도 커다란 달은 가운데에 세로로 커다랗게 갈라진 틈 옆으로 수북하게 털이 자라나 있다 달에 갔다 온 것도 음모였다 역시 그랬다 나사는 십자였다 달은 커다란 보지였다 그 보지는 너무나 거대해서 지구에 살고 있는 이라면 누구나 보지 않을 수 없는 보지였다

달은 잠기듯 내려온다 저 음모에 둘러싸인 보지가 곧 지구를 삼킬 것이다 아마 하루나 이틀이면 될 것이다 나는 음모로 가득한 서울의 한가운데 높이 솟은 타워팰리스에서 교합을 기다린다 달에서 눈물이 흐른다 나는 침을 삼킨다

그 아이에게 다가간다 나는 지구를 구하기 위해 인류의 존엄을 지키기 위해 민족중흥의 역사적 사명을 위해 타워팰리스 옥상에 누워 있는 그 아이에게 다가간다 교복차림의 그 아이는 팬티 속에 음모를 숨기고 있을 것이다 나는 그 아이에게 다가간다

나는 발치에 무릎 꿇어 숨을 고른다 그 아이의 호흡이 느껴진다 나는 신부의 베일을 벗기듯이 그 아이의 교복치마를 걷어 올린다 손이 떨린다 이 안에 모든 음모가 있을 것이다 이 세상을 움켜쥔 음모가 인류 전원을 먹어치울 그것이 있을 것이다 두 손이 의지를 벗어난다

치마 속의 팬티를 벗겼다 음모는 없었다 그 속은 순결하고 공허했다 그 속에는 우주가 있었다 별이 빛나고 은하가 흐르는 아름다운 밤하늘이 우주가 있었다 어둠 속에 무수한 생명을 담은 우주가 있었다 나는 우주를 느꼈다 우주에서는 아무 냄새도 나지 않았다 소리도 들리지 않았다 그저 어둠과 빛뿐이었다 그 아이의 팬티 속은 그저 어둠과 빛뿐이었다 그 아이의 팬티 속에는 우주가 있었다

나도 그 아이 속으로 돌아가려는 듯 무릎 꿇고 그 우주 속으로 들어가려 내 머리를 박았다 그 아이의 가랑이 사이에 머리를 박아 넣은 채 엎드렸다 이대로 나는 종말을 기다릴 셈이다 친구야 미안하다 인류의 멸망에도 나는 아무 할 수 있는 일이 없다 하지만 어쩌겠는가 그 아이의 팬티 속에는 우주가 자리 잡고 있었다 그저 텅 빔으로 가득 찬 우주가 있었다 음모가 없었다 아무 음모도 없었다

이 도시다 이 도시는 음모가 자라는 도시다 자라난 음모가 도시에 가득하다 미역처럼 흔들리며 무성하게 빽빽하게 도시에 깨어 있는 이들 잠들도록 음모는 독촉한다 보이는 것에 눈을 감고 들리는 것 귀를 닫으며 깨어난 이 잠들라는 음모로 가득 찬 이 도시는 음모가 자라는 도시다 친구야 어쩌냐 나는 불면증이다 그 아이를 만나고 나는 불면증이다 음모가 나를 감싸도 잠은 오지 않는 불면증이다 불면증이다 그러나 음모가 자란다

dcdc
『무안만용 가르바니온』 저자

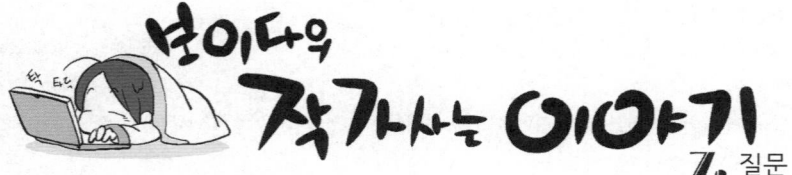

7. 질문

No. 25 자뻑

No. 26 자뻑2

No. 27 굴리기

왜 그렇게 주인공을 굴리는 거죠?

변태? S?

그 반대야.

굴러보지도 않은 자 어찌 주인공씩이나 할 수 있으랴

평탄한 인생은 조연일 뿐

No. 28 살아있어

애인이니 아이니, 자꾸 산 것 취급하지 말아요.

이건 당신이 만든 거예요. 사물이라고요!

엇차

사물이 살아 뛰노는 걸 본 적이 없는 사람은 믿을 수 없을 거야.

보면서도 못 믿겠다

풍 풍

* '보이다'는 소설가 김보영의 웹툰 작가 필명입니다.

이탈리아 축제에 등장한 스페인 와인

글 | 타할

"뭐라구? 아몬틸라도라구? 큰 통으로? 그럴 리가? 카니발이 한창인 때에!"

"그러니 미심쩍단 말이네. 그리고 어리석게도 자네에게 상의도 않고 술값을 모두 지불해버렸다네. 자네를 찾을 수 없었지만, 좋은 기회를 놓치고 싶지 않아서 말이야."

"아몬틸라도라구!"

「아몬틸라도의 술통 The Cask of Amontillado」에드거 앨런 포 Edgar Allan Poe

약 70여 년 전, 에드거 앨런 포가 쌀쌀한 뉴잉글랜드 가을날씨 속에서 옷깃을 여미며 쓴 글은 21세기 어느 교실에서 읽혀지며 한 아이의 식욕食慾을 자극하게 된다. 그리고 여러분께서 보시다시피 그 아이는 자라서 훌륭한 폭음가가 되어 이 글을 쓰고 있습니다. 꺄르륵. 죽은 포가 보면 화를 낼지 손뼉을 쳐줄지 의문이다 (포는 알코올 의존증으로 죽었습니다-_-). 그는 자신의 글을 통해 인간의 어두운 본성인 악의, 복수심 등을 말하려고 했지만 모든 일에 식食이 우선인 필자는 악의고 나발이고 그건 내 알 바 아니고(-_-) 포르투나토가 죽기 직전까지 부르짖던 술이 궁금하였다. 아몬틸라도! 아몬틸라도! 대체 이 술은 뭐길래 포르투나토가 눈을 뒤집고 환장해서 몬트레소르를 따라가는지. 그렇게 맛있나. 마시고 죽으면 꿀떡깔 귀신이라도 될 수 있나. 시바! 너를 격하게 먹고 싶다!!

스페인이 자랑으로 내세우는 것 중 가장 유명한 것은 바로 와인, 그것도 주정강화 와인인 셰리와인이 아주 유명하다. 여기서 말하는 주정은 그 주정(a.k.a 진상) 말고 술의 도수를 뜻한다. 하긴 도수가 높으니 진상질도 2배가 되어 주정강화 와인은 맞다만. 셰리와인의 이웃사촌이자 친척으로는 바로 옆나라 포르투갈에서 나오는 포트와인이 있는데, 둘 다 일반 와인에 비해 알코올 도수가 2배가량 높다. 차이점은 포트와인은 레드와인을 사용하는 반면 셰리와인은 비노 블랑코(Vino Blance화이트 와인), 팔로미노Palomino라는 황금빛이 도는 포도 품종을 사용한다. 색이 깊고 진할수록 그 셰리와인의 알코올 농도는 높은데 아몬틸라도의 경우 중간 단계 정도. 아니 그런데, 이 스페인 출신 와인이 왜 이탈리아를 배경으로 하고 있는 「아몬틸라도의 술통」 단편에 나오게 되었느냐.

셰리와인은 17세기 이전에 스페인의 항구도시 헤레스 데 라 프론테라에서 처음 만들어졌다. 셰리라는 이름이 어원도 바로 이 도시의 이름에서 온 것 (셰리는 스페인어로는 헤레즈Jerez. 우리가 말하는 셰리Sherry는 영어식 발음이다). 건조한 안달루시아 지방의 기후를 이용, 여러 해 동안 공기에 노

출시킴으로써 기존의 와인을 증발-농축하는 과정을 거쳐서 만들어지는데, 와인을 꼬들꼬들 말린다고 표현해도 좋을 법하다. 그러던 것이 19세기 초 새로운 와인 숙성법인 솔레라 시스템이 발견된다. 새 와인 숙성법으로 만들어진 셰리는 기존보다 더욱더 독특한 풍미를 가지게 되어 유럽인들의 이목을 끌었고, 이 붐이 일어난 것이 바로 포가 소설을 쓰고 있을 무렵인 19세기 중반이었다. 이 빅 웨이브는 탈 수밖에 없잖아!

그런데 왜 하필 스페인 와인이었나. 와인이라면 프랑스가 독보적이지 않은가? 슬프게도 그 무렵 프랑스 포도농장은 꿈도 희망도 없던 시망 상황이었다. 와인 생산 1~2위를 다투던 프랑스는 혁명 이후 '이제 귀족에게 뜯기는 거 없으니 나도 돈 되는 와인 만들어서 부르주아지 되야징!ㅋ' 하고 시작된 와인의 과잉생산으로 인한 질의 저하를 겪고 있었다. 그리고 과잉생산으로 인한 인플레이션이 채 오기도 전에 프랑스 전역에서 포도나무 기생충이 생겨 와인 생산자들의 뒤통수를 가차없이 날려준다. (이젠 정말 끝이야) 경제적으로 망하기 전에 물리적으로 시궁창이 되어 쓰리아웃 당하고 폭망의 길을 걷고 있었던 프랑스 와인은 20세기 초까지 복원산업을 하는데 그 와중에서도 성질 급한 프랑스인들답게 막 시위하고 정부 욕하고 사람도 죽고…… 하여간 다사다난했다. -_-; 역시…… 혁명한다고 왕의 모가지를 딴 패기의 나라.

또 한 가지, 소설 안에서 주인공 몬트레소르와 포르투나토는 괴랄한 복장이다. 몬트레소르는 가면에 망토를, 포르투나토는 광대 복장을 하고 있는데, 이로 보아 배경일은 사육제 마지막 날인 '기름진 화요일'일 확률이 높다. 혹시 마디 그라Mardi Gras라는 단어를 들어본 적이 있는가? 맞다. 바로 그 마디 그라가 바로 이 '기름진 화요일'을 뜻하는 날이다. 이날은 금육이 시작되는 사순절 바로 전날이며, 사람들이 마지막으로 나라 되찾은 백성처럼 술을 먹고 고기를 마시며(?) 방탕하게 노는 날이다. 어느 정도로 방탕하게 노냐면 '와! 내가 이렇게 개돼지다! 내가 이렇게 축생같이 논다!' 라는 것을 숨기기 위해 시작한 것이 축제 분장과 가면이라고…… 왠지 치킨이랑 피자를 각각 한 손에 들고 "그래! 다이어트 시작하는 거야! 내일부터!"라고 외치는 사람의 환영이 보이는 듯하지만 어쨌거나. 이렇게 노는 날이니 포르투나토가 이미 거하게 취해 있었던 것도 납득이 간다. 그러던 중 몬트레소르가 와서 '아저씨, 좋은 거 있어요' 속삭이니 얼씨구나 좋구나 하고 따라간 거고. 그 때문에 포르투나토는 와인 대신 저 자신이 50년 동안 푹 숙성되어버리는 기구한 운명을 맞이하게 된다. 소오름.

이렇게 긴 숙성 기간을 거치는 와인치고 셰리와인은 비싸지 않고 요즘은 한국의 많은 바에서도 취급하고 있다. 그 독특한 풍미를 맛보고 싶은 사람은 한 번쯤 마셔보라고 권하고 싶다. 단맛이 강하면서도 은근하게 도수가 쎈 술이므로 작업주로도 적극 추천하는 바. 덤으로 셰리와인은 각기 다른 연도의 와인이 한 번에 섞여서 만들어지기 때문에 빈티지를 표시하지 않는다 (빈티지가 적혀 있지 않다고 하여 싸구려 와인이 아니라는 것). 달큰한 과일향과 고소한 견과류 향을 동시에 맡을 수 있는 특이한 매력을 가진 술이다. 마시는 도중에 누가 좋은 거 있다고 따라오라 하면 절대 따라가지 말길 바라며.

타할陀轄

음식, 공포, 미술, 섹스에 관한 글을 씁니다.

on
우주

만화 **나의 사랑스러웠던 인형 네므**

원작 박애진   **만화** ilwoel

믿기 힘든
이야기겠지만
난 내 첫 번째
생일을 기억한다.

태어난 지 1년이 된
아이들이면 누구나 그러듯
나 또한 부모님과 함께
보석상에서 보석을 골랐다.

물론 이 이야기를 들은
사람들은 하나같이
그게 말이 되는
소리냐고 했다.

하지만 내가
기억하는 것은
누가 뭐라해도
사실이다.

난 내 의지로
보석을 골랐다.

초등학교에 입학하고
얼마 뒤였다.
새벽 2시쯤으로
기억한다.

방 안은 온통
밤색 빛으로 가득했고
빛은 네므가 있는
보석에서 쏟아져
나오고 있었다.

지금 도와주면
금방 죽는댔어.

힘내. 힘내서
나와.

아.

힘들어
보여….

28

기다렸어.

네므는 말은
하지 못하지만
언제나 내 이야기를
들어준다.
난 느낄 수 있다.

네므.

네므와 함께 있으면
마음이 따뜻해지고
아무리 힘든 일이
있었어도 다시
기운을 차릴 수 있다.

많은 친구들이
아직까지 인형을
가지고 있느냐고
비웃는다.

하지만 난 내가
소멸하는 그날까지
네므와 함께할 것이다.

분명 나밖에
없을 텐데…
뻔히 알면서
왜 묻는 거야.

아, 한 분 더
있군요?

그딴 걸 교수라고!!
작정하고 망신을 주려고
덤비더라니까??

질투하나보지.
ㅋㅋ

내가 뭘
어쨌길래,
삐삣하면 날
깔구는데;

하나도
안 웃겨.

근데 이건 뭐. 고등학교 때보다 더 폐쇄적이잖아.

대학생이 되면…… 뭐랄까. 더 자유로워질 줄 알았어.

어떻게 너마저 그런 식으로 말해?

그래서, 인형은 언제 처분할 거야?

사실이잖아. 아직까지 인형을 가지고 있는 애들이 어디 있어?

한 명 있어. 못 보던 앤데…

크

너 같은 애가 또 있긴 있구나.

응…… 있었어.

저녁?
좋아.

그럼 윤아, 넌
인형에 대해
글 써오라고 했을 때
뭐 썼어?

난 그냥 시를 하나 써서 냈어.
내 인형에 대해 사람들에게
말하고 싶지 않았거든.

난 보고 싶다는 사람들에겐
누구나 다 보여줬는데……
너도 볼래?

응!!

네므.

34

네므는
일장석에서
나왔어.

이게
내 인형
토우야.

사진이면 될걸
왜 그림으로……

토우가 많이
예민하다고 했잖아.
스트레스 받을까봐
그림으로 그려.

네가 보고 싶대서
특별히 그려왔는데.
왜, 아직도 안 믿겨?

안 믿은 게 아니라…
토우가 사파이어에서
나왔다고 해서
궁금했던 거야.
화내지 마….

근데 윤아, 너
진짜 잘 그린다.

오늘 너네 집
가서 잘 거야.

그래. 근데
거의 매일 오는데
토우는 누가……

괜찮아.
다 준비해놓고
왔어.

그래.

음……
네므?

윤아…

내 방에서…
지금 뭐하는 거야?

네므 말이야.

그,

그만 자…
윤아야.

응.

?!

달빛 아래서 보니까
정말 예쁘다.

잘 자. 은지야.

왜 손님방으로
안 가고….

어……

근데 이 밤중에
내가 자는 방에
들어와서는
네므를 만지기까지
하고……

뭐…… 윤아랑
내 관계는
특별하니까……

아니, 그래도
이건 아니야.
내일 말해야지.

네므가 왜
여기 있어?

아, 일어났기에
심심할까봐
데리고 나온 거야.
넌 자고 있었잖아.

미안,
나 그만 갈게.

윤아야!!

쾅!

o

윤아가
올었어······

내가
잘못한 거지?

윤아는 날
이해해주는데······

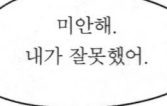
미안해.
내가 잘못했어.

저녁 해줄게.
가자.

화학비료는 인형에게
안 좋아서 난 늘
자연식을 써.
자, 이제 네가 해봐.

정말?

그럼.

난 너무 속상했어.
네므를 보여주긴 했지만
만지는 건 싫어해서-

네가 금을 그어
놓은 것 같았어.
이 이상은
들어오지 말라고.

뜨끔

나의 네므는
곧 너의
네므이기도 한걸.

그, 그렇지
않아!

고마워!!
은지야.
너뿐이야!

……

달그락

넌 윤아의
인형을 못 봤잖아.
그래도?

대신 토우를 그린
그림을 보여줬어.
내 초상화도
그려줬고.

너네 꼭
연애하는 것
같다.

그러고 보니 학생 때
그런 질문 많이 받았었지.
너네 사귀냐고.

윤아, 가을에
결혼하는데.

무슨 문제라도
있어?
웬 한숨?

윤아가 결혼 때문에
스트레스 많이 받나봐.
돈이 엄청 많이 드니까…

헝?!

왜, 또 돈
빌려달래?!

43

아니.
그런 말은
안 했어.

갠 알바도 안 하는데.
네가 알바하고 일 해서
번 돈 다 빌려주고!
그게 뭐하는 짓이야?

내가 깡방꿍 딸
이나? 당장 받아!!

그런 말 하지 마!
윤아도 일자리
알아보려고 했어!

근데, 알다시피
윤아가 좀
허약하잖아.

너 학비
빌려준 것도
못 받았지?

누군 체력이
남아돌아서
일하나?

ㅋㅋㄹ

나는 이제
기분더러워
나오에서도
나갔으라고. 절라.

저줄...

지랄!!
꺼져!!

까칠하기는….

마시던지
피우던지
좀 좋게 해요

냅둬

ㅋㄹㄹ

……

넌 윤아의
인형을
못 봤잖아.

네므 피부……
어쩜 나보다
더 좋아.

마사지샵에서
신부화장 받으려면
등급을 더 올려야
한다던데…….

얼마나
필요해?

내일 통장으로
넣어줄게.
내가 되는
한에서만이니까
많이는……

……

응.
그럼 됐지 뭐~

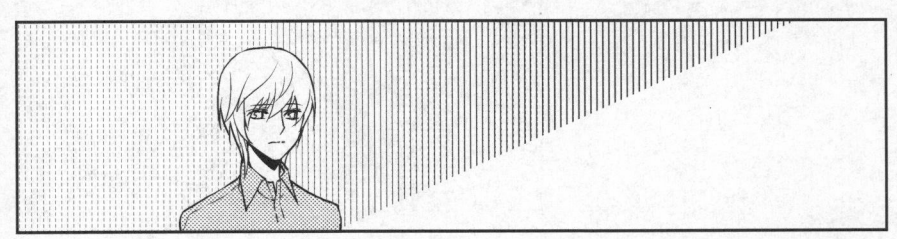

도와줘.

그러게. 내가 계속
이사 준비
도와준다 그랬지.

……학교
쓰레기장에
버릴 거야.
차 갖고 와.

45

토우 이야기만
나오면 꼭
저런 식이야….

??

아, 뭔데
안 빠져!!

아, 진짜….

!!

아냐,
내가 할…….

내, 내가 할게!
그냥 둬!!

이거…
인형 그리는
연습한 거지?

그… 그게…

넌 처음부터
인형이 없었던 거야!
그렇지?!

아냐!!
나도 인형이
있었어!

근데
인형이…

인형이 아팠어.
어떻게든 살리고
싶었는데….

하….

대체 언제…….

내가
10살 때…….

이 세상
어딘가에는

정말로 날 이해하는
사람이 있을 거라고
생각했다.

나처럼 인형을
사랑하고,
그 이야기에 공감하는
사람이 있을 거라고.

인형만이 서로를
계산하며 만나지 않는
유일한 존재야.

인형을 죽여버린 사람들은
가슴 한켠이 비어 있어.
난 그렇게 되고 싶지 않아.

어딘가에는,
반드시 있을 거라고…

한 순간도 그걸
의심해본 적이
없었다.

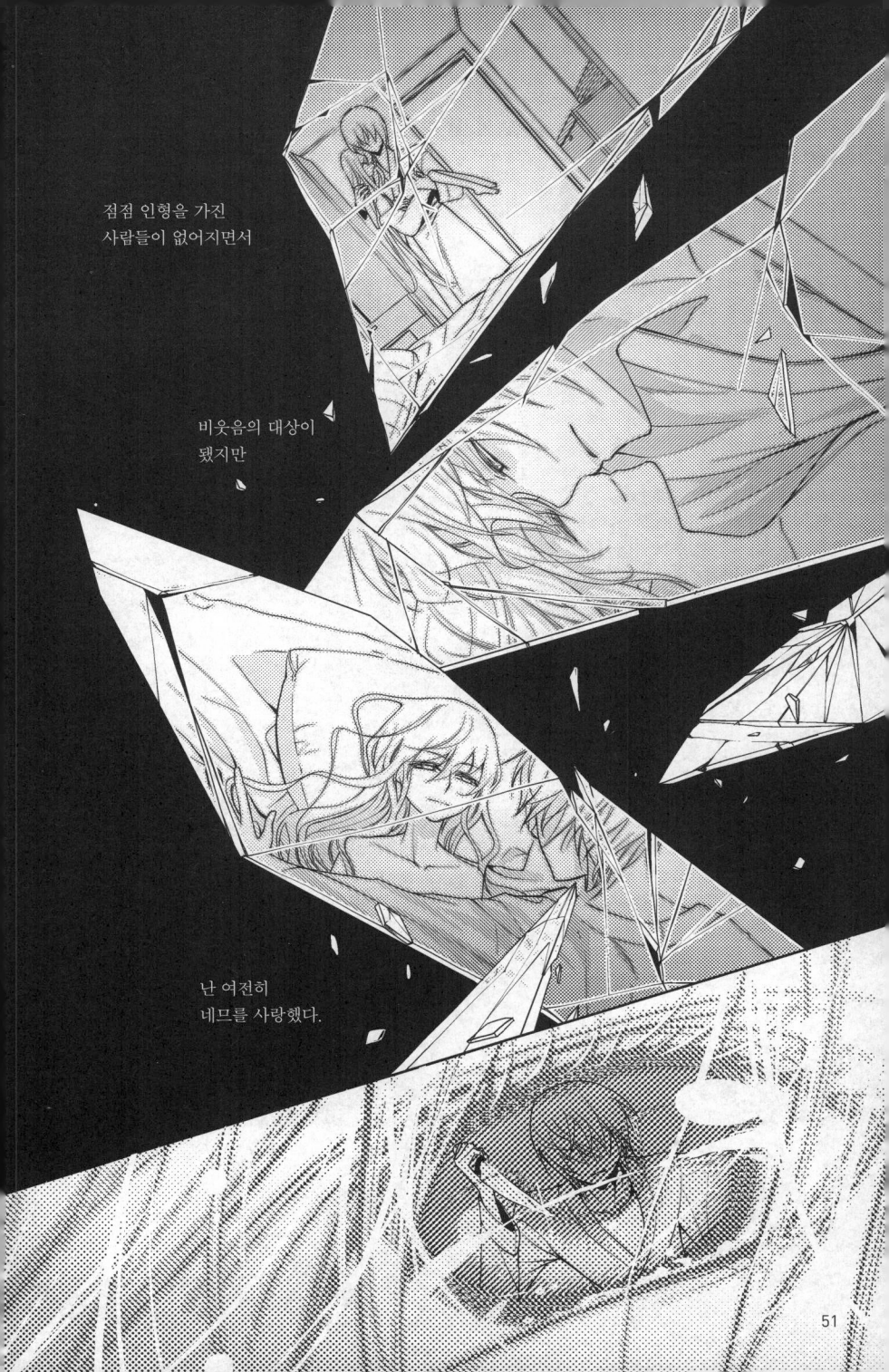

점점 인형을 가진
사람들이 없어지면서

비웃음의 대상이
됐지만

난 여전히
네브를 사랑했다.

난 내가 소멸하는
그날까지

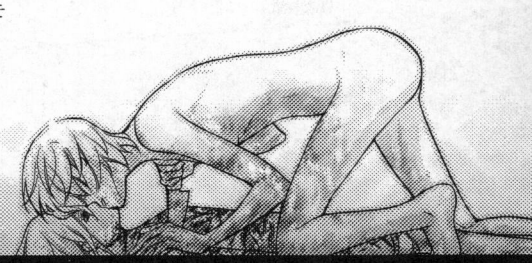

네므와 함께할 것이다.

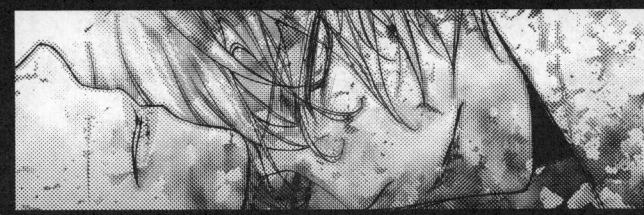

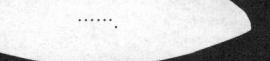

……

침대가 완전
엉망이 돼버렸어.
침대에서 새로 산
식칼로 죽였거든.

새로
사야겠어

......

머리는 빼고
말이지….

정신을 차려-
아, 아니.

일을 마치고 보니
형체도 알아볼 수
없더라고.

넌 그러지 않길
바랐는데.

뭐?

모두들 인형을 죽여.
잃어버린 것도
결국은 죽인거야.

나는 네가 계속
인형을 간직하길
바랐어.

인형을 아직도
가지고 있다며
계속 구박했잖아.

그래도 버티는 널
보는 게 좋았어.

후회하지 않아……

절대……

주문도, 구매자도 없는 진짜 재난!

한국에서 감히 SF를 내다니…

이 출판사는 미쳤다!

〈불새 과학소설 걸작선 신간 절찬(?)리 판매 중〉

〈불새 과학소설 걸작선 04〉
『양심의 문제』
A CASE OF CONSCIENCE
제임스 블리시 지음

복지장관의 양심의 문제 따위는 째째하다.
행성 하나 정도는 결판낼 수 있어야지.

휴고상 수상작

혐오스런 외형이지만 내면은 인간보다 더욱 인간다운 외계인들이 살고 있는 행성 리티아.
그곳에 조사단원으로 파견된 과학자이자 예수회 소속 신부인 루이스-산체스는 원죄를 모르는 이들의 운명을 어떻게 결정지어야 하나….

〈불새 과학소설 걸작선 05〉
『신딕』
THE SYNDIC
시릴 M. 콘블루스 지음

34세에 요절한 젊은 천재 작가.
살았다면 내란음모로 쇠고랑 확정.

프로메테우스상 수상작

범죄조직이 정부를 몰아내고 세상을 지배한다면? 미국정부를 아이슬란드로 쫓아내고, 대륙을 장악한 마피아 집단 〈신딕〉과 〈모브〉.
권력의 민낯은 어떤 것이며, 과연 시민의 자유는 그것과 어떻게 조화될 수 있을 것인가?

〈아직도 재고가 한가득, 울고 있는 불새 과학소설 걸작선〉

〈불새 과학소설 걸작선 01〉
『달을 판 사나이』
로버트 A. 하인라인 지음

레트로휴고상 수상작

여보세요? 하인라인입니다.
긴말 안 하겠습니다. 뚜- 뚜-

〈불새 과학소설 걸작선 02〉
『정거장』
클리퍼드 시맥 지음

휴고상 수상작

번역자 혼자 꿀잼 즐기던 작가.
국내 최초로 장편 전격 출간!

〈불새 과학소설 걸작선 03〉
『빅 타임』
프리츠 라이버 지음

휴고상 수상작

거장도 약을 빤다?
안드로메다 직수입 SF 괴작

덕의책 에서 선보이는 명작 환상소설

보름달 징크스
고독과 그리움에 대한 20개의 이야기들

죽음을 맞이하면 꽃으로 변하는 이와, 그 꽃을 마심으로써
삶을 공감하는 이. 사람들에게 잊혀진 신기한 물건을 보관하는
기이한 박물관. 병에 걸리면 사람들의 눈에 보이지 않다가
종내는 잊혀지고 마는 불치의 전염병. 잃어버린 것과 사라진
사람의 대체를 만들어낸 분실의 도시.

인간과 인간 사이의 관계, 고독과 그리움에 대해 고민하는
작가 김주영이 직접 고른 단편 20편이 엮여 있다.

무랑가시아 松

선과 악의 원형을 깊이 있게 파고든
한국형판타지미스테리추리극

순수성의 씨앗이라 불리는 성스러운 인간 '성화'가
영원성의 나무에 도달하면, 그의 순수성이 하늘로 타고 올라가
온누리에 퍼진 악을 정화한다고 했다.
종단은 백여 년마다 영원성의 나무, '무랑가시아 송松'으로
성화를 모셔 가는 여정을 떠난다.

손에서 책을 뗄 수 없게 만드는 흡입력 있는 이야기에,
묵직하면서 아름다운 수묵화가 삽입되어 독서의 풍미를 더한다.

닿지 않을 세계
내가 닿아야만 하는 세계가 그곳에 있었다
아직 내 것이 아닌, 내가 갖고 싶은 세계

416쪽 | 14,800원

손에 닿을 듯 실감 나는 가까운 곳의 이야기부터
손 닿기를 기다리는 미지의 세계까지
다채로운 필치로 피어나는 이야기의 향연

작전동 김여사의 우울 / 나는 매문가가 되고 싶었다 / 세콤, 지구를 지켜라 /
처형 / 다시 한 번 크리스마스 / 진흙피리새 / 홍등의 골목 / I Love You /
레퍼런스 등 9편 수록!

세상에서 가장 선량한 사람도
자기를 좋아하는 사람에게는 잔인하게 굴 수 있다
사람이라는 게 원래 그렇다

박애진 작품집 **원초적
본능**
feat.미소년

404쪽 | 14,800원

**전통적인 성 관념을 뒤엎는 발랄한 전복부터
관계의 이면을 섬세히 더듬는 은밀한 손길까지
이미 익숙해진 것을 다른 눈으로 보게 할 감성의 조각들**

어른들은 왜 커피를 마시지 | 짝짓기 | 완전한 결합 | 나의 사랑스러웠던 인형 네므 |
나만의 연인 | 조화造化 | 낙원 | 이번엔 외계인이나 8편 수록!

발행인 이규승   **편집** 최지혜   **디자인** 이경진, 강보경

주소 138-847 서울시 송파구 석촌동 284-2 501호 (백제고분로40길 4-7 501)

전화 02-3432-5999   **팩스** 02-6442-3432

홈페이지 www.onuju.com | onuju@onuju.com